Pato
Conejo

AMY KROUSE ROSENTHAL Y TOM LICHTENHELD

¡Mira! ¡Un pato!

No es un pato.
Es un conejo.

¿Un conejo? No lo creo.
Es un pato.

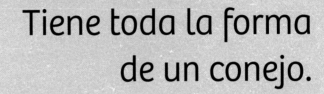
Tiene toda la forma
de un conejo.

Pero tiene pico.

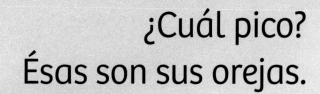

¿Cuál pico?
Ésas son sus orejas.

Es un pato, y está
a punto de comerse
un pan.

Es un conejo, y está a punto
de comerse una zanahoria.

Espera... ¿Escuchaste?
Son sonidos de pato.

¿Ves? El pato está
atravesando el lago.

No, es el conejo,
escondido entre los arbustos.

¡Mira! ¡Está volando!

No, es el conejo
refrescándose
las orejas.

El pato tiene
calor y está
tomando agua.

Toma mis
binoculares
para que veas
mejor al pato.

Lo siento,
pero yo sigo
viendo un conejo.

¡Ven aquí, patito patito!

¡Ven aquí, lindo conejito!

¡Genial! Lo espantaste.

Yo no lo espanté. Fuiste tú.

¿Sabes? Creo que tenías razón.
Sí parecía un conejo.

Y yo estoy pensando
que quizá sí era un pato.

Bueno, no importa…
Y ahora, ¿qué quieres hacer?

No sé.
¿Qué quieres hacer tú?

¡Mira! ¡Un oso hormiguero!

No es un oso hormiguero,
¡es un braquiosaurio!

Fin

(¡Todavía no es el final! ¡Faltan nuestros agradecimientos!)

Gracias a Jan por su inquebrantable apoyo. Gracias a Eric Rohmann y Larry Day por su amistad. T. L.

Pato... pato... pato... ¡GANSO! Yo escojo a Charise Mericle Harper. A. K. R.

Y gracias a Marshall Ross por ponernos en el mismo cuarto. T. L. y A. K. R.

DIRECCIÓN EDITORIAL: Cristina Arasa
PROYECTO EDITORIAL: Karen Coeman
COORDINACIÓN DE LA COLECCIÓN: Mariana Mendía
CUIDADO DE LA EDICIÓN: Ariadne Ortega
TRADUCCIÓN: Ariadne Ortega
FORMACIÓN: Sara Miranda

Pato Conejo

Título original en inglés: *Duck! Rabbit!*
Texto D.R. © 2009, Amy Krouse Rosenthal
Ilustraciones D.R. © 2009, Tom Lichtenheld
Todos los derechos reservados.
Primera edición en inglés de Chronicle Books LLC, San Francisco, California.

PRIMERA EDICIÓN: noviembre de 2013
D.R. © 2013, Ediciones Castillo, S.A. de C.V.
Castillo ® es una marca registrada.

Insurgentes Sur 1886, Col. Florida,
Del. Álvaro Obregón, C.P. 01030,
México, D.F.

Ediciones Castillo forma parte del Grupo Macmillan.

www.grupomacmillan.com
www.edicionescastillo.com
infocastillo@grupomacmillan.com
Lada sin costo: 01 800 536 1777

Miembro de la Cámara Nacional
de la Industria Editorial Mexicana.
Registro núm. 3304

ISBN: 978-607-463-913-1

Impreso en México / *Printed in Mexico*

Impreso en los talleres de
Grupo Gráfico Editorial, S. A. de C. V.
Calle B núm. 8, Parque Industrial Puebla 2000,
Puebla, Puebla.
Noviembre de 2013.